A

FRÉDÉRICK LEMAITRE

FANTAISIE

PAR VICTOR D'ARCHES

Διδασκω.

PARIS.

CAUVILLE FRÈRES, ÉDITEURS

RUE JACOB, 20.

FÉVRIER 1844.

A

FRÉDÉRICK LEMAITRE

PARIS. — TYP. LACRAMPE ET COMP., RUE DAMIETTE, 2.

De l'homme sur qui Dieu se venge ;
Orgueil menaçant du vaincu :
Voix de colères, voix suprêmes,
Voix d'angoisses, voix de blasphèmes,
Long épanchement d'anathèmes,
Larmes et reproches sans fin,
Clameurs qui vous ont distinguées,
Générations fatiguées,
Et que vous nous avez léguées,
Tradition du genre humain.

Je t'ai vu debout, dans ta force,
Continuer, au sein du temps,
La lutte où tout peuple s'efforce
De vivre par des monuments.
Au passé dérobant sa flamme,
Tu la fis passer dans ton âme ;
Car pour l'homme fils de la femme,
C'est renaître que de mourir.
La destruction est féconde.
Puis, dans une image profonde,
Dans Macaire je vis un monde
Se reconnaître et s'applaudir.

III

Athlète, quand le sang qui te bat dans l'artère
T'étouffe ; quand on voit ta langue de vipère
Darder, briser, suspendre et lancer tortueux
Un vers qui se redresse encor plus vigoureux ;
Lemaître, as-tu compris ta terrible puissance ?

As-tu senti couler ta secrète influence
Comme une effusion de ta force, et saisir
Le parterre mouvant étonné de frémir ?
L'éclat de tes éclairs se balance et se roule
En longs tressaillements prolongés sur la foule.
J'ai recueilli moi-même, artiste inglorieux,
De ta fureur d'Oreste un souvenir pieux ;
Mais on reconnaissait l'enveloppe hardie
Dont l'avait revêtu ton mâle et vif génie :
Ce n'était plus Oreste, et, moins impétueux,
Oreste, à ce théâtre, eût été malheureux.
Tu l'as saisi, Lemaître, avec tant de souplesse,
Que ta verve, alliée à la délicatesse,
Le relevant plus libre, abondant, spontané,
Ton allure charma le parterre entraîné.
Que ton art est savant ! que ta ruse soudaine,
Dans les obscurs replis de notre âme incertaine,
Frappe à coups sûrs ! Oreste avait fui plein d'effroi ;
On ne l'écoutait plus, Frédérick, c'était toi.

IV

Nous ne reverrons plus la Muse de Racine,
La Muse aux doux accords, dont la flûte divine,
Indolente et parée, enivrait tendrement
Des sons de sa douleur soupirés mollement.
Pleurez ! elle a perdu son prestige. Avec peine
On nous ramènerait la Muse ionienne
Dont la main de Racine accompagnait les pas.
Délicate et timide, elle est enfuie, hélas !

Écoute, Frédérick, comme tout prolétaire,
J'ai le droit de critique en payant mon parterre,
Et toujours, comme artiste et comme citoyen,
Je siffle quand c'est mal, j'applaudis quand c'est bien.

I

En t'épanchant du sein de la pensée humaine,
Tragédie, ô grande âme, ô forme souveraine !
Vêtement où, de plus en plus développés,
Les peuples en passant se sont enveloppés,
Laissant l'un après l'autre, insondable mystère,
L'empreinte lamentable où leur longue misère,
En labourant la vie en pénibles sillons,
Laissa leur faible trace et leurs pulsations ;
Ame où, lorsque la mort les touche de son aile,
Chaque siècle vieilli dans sa marche rebelle,
Palpite encore, et puis, comme un grand révolté,
Roule dans ce manteau de son éternité ;

Tragédie, ô grande âme, ô vêtement, ô forme!
Avant que notre siècle à son tour ne s'endorme,
Que, dans la volupté du néant abîmé,
Sa foi se soit éteinte et tout soit consommé,
Oh ! ne verra-t-on point, fût-ce Satan dans l'ombre,
Quelqu'un saisir le siècle et sa misère sombre,
Exposer, sans pudeur, au regard effrayé
Sa honteuse opulence et son faste ennuyé ;
Et traînant avec lui son cortége de haines,
Ses longs ricanements, ses pleurs, ses cris, ses chaînes,
Aux générations s'écrier, plein d'effroi :
    « Voilà le siècle ! peuple ou roi ! »

II

Les temps s'écoulent : leurs rivages
Gardent l'empreinte de nos flots.
Remontons ensemble les âges ;
Interrogeons tous les échos :
Une inépuisable harmonie
S'élève de leur sein : la vie
Manifeste son énergie
Comme un hymne perpétuel ;
Partout des voix vives, sereines,
Savourant leurs propres haleines,
Voix de volupté toutes pleines,
Retentissement éternel.

Mais le concert le plus étrange,
C'est le cri de l'homme déchu,

L'Art entre dans la phase où le génie humain,
Plus grand et plus complet, se remet en chemin. »

VII

Marche ! Ensevelissant leur gloire dans ta gloire,
De nos grands maîtres morts illustrant la mémoire,
Rajeunis les chefs-d'œuvre, et porte jusqu'aux cieux
Des tragiques grandeurs l'ensemble harmonieux.
A Racine touchant joins Corneille héroïque ;
De Cinna qui t'est cher le rôle est magnifique :
Prends Cinna... Si du moins les privilégiés
Par toi ne se devaient sentir humiliés ;
Comédien savant, comme dans *Lavallière*,
Assouplis ton génie aux rôles de Molière ;
Prends Tartufe ! Sais-tu que ce rude ouvrier
A sculpté dans cette œuvre un monde tout entier ?
Tartufe !... prends Tartufe : à ton masque peut-être
Les tartufes du jour pourront se reconnaître.
On étouffe de rire au *Barbier d'Aragon* :
Prends l'habile Scapin, ressuscite Harpagon.
Aux dernières lueurs des traditions saintes,
Marche ! tu trouveras de divines empreintes.
Le temps est propice. Oui, se fertiliseront
Sous ton regard de feu, sous ton souffle fécond,
Tous ces épis que Dieu, de sa main souveraine,
A semés dans les champs de la pensée humaine.

VIII

Mais prends garde, ô Lemaître !

                    —Écoute, j'aime l'Art.
Je suspends mon oreille aux conseils d'un vieillard.
Lorsqu'un artiste voit à ses lèvres émues
Les âmes par milliers demeurer suspendues ;
Lorsque de cet élu de l'Art, souffle de Dieu,
L'âme, comme un parfum, se répand en tout lieu ;
Que, se précipitant sous sa parole immense,
Pour souffrir comme lui le monde fait silence,
L'artiste doit, montant vers le terme infini,
Plus haut, plus haut toujours nous attirer à lui.

IX

Que d'artistes, tu sais, que d'artistes austères
Ont perdu le secret et le sens des mystères,
Et, sous un sceau fatal courbant leurs fronts divins,
Laissé le livre d'or s'échapper de leurs mains !
Ils se sont égarés de la voie éternelle.
Reposant dans la Mort, qu'ils ont crue immortelle,
Ils semblent, endormis en tenant leur flambeau,
Des moines accoudés sur le bord d'un tombeau.
Ils croient du sanctuaire encor garder la porte ;
Ils sont pétrifiés. C'est une lettre morte
Que leur lèvre remue. Ils étaient des élus,

Qui nous recueillera, dans sa grâce adorée,
Une note plaintive, une note sacrée,
Sur sa lèvre qu'on voit si doucement frémir,
Sur sa lèvre pâlie un touchant souvenir ?
Hélas ! elle a vécu, la Muse de Racine,
La Muse aux vers dorés dont la fureur divine,
Docte, chaste, toujours à l'alcyon des mers,
Pour chanter ses douleurs emprunte des concerts.
Elle semble toujours au bras d'une déesse
S'appuyer pour gémir, pour conter sa tristesse.
Quoique humides de pleurs, ses yeux doux et sereins
Flattent sous l'âpreté des sentiments humains.
Frémissante et lascive, en ses ruses féconde,
Dénouant sa ceinture, amante vagabonde,
Sa main, d'où le poignard s'échappe avec langueur,
Cherche à paraître encor plus belle en sa douleur.

V

Pleurez, elle n'est plus ! pleurez la Muse antique !
J'ai vu, de son cothurne éloigné du portique,
Une trace légère, hélas ! et cette fois,
Comme un écho lointain du timbre de sa voix.
De sa fraîche beauté tout l'éclat qui nous reste
Semblait avoir passé dans ta fureur d'Oreste.
Je te redis : Salut ! comédien sacré,
Par Eschyle et Sophocle aux Muses consacré ;
Salut ! toi qui nous rends la Muse de Racine ;
Viens, toi qui visitas Mytilène et Messine,
Qui modulas des vers inspirés sous leur ciel,

Viens ! viens, toi que l'Hymette a nourri de son miel,
Abeille dramatique, en cueillant, sous l'ombrage
De l'harmonieux mont l'harmonieux langage,
Pour nous enivrer tous, tu rappelles les sons
De la Grèce savante et fertile en chansons.

VI

— « Elle a repris l'essor aux bords dont elle est reine !
Elle s'est renvolée aux champs de Mytilène !
Dis-tu, mais ses transports, sa force, sa fierté,
Revivent, beaux encor de l'antique beauté.
Aux flots ioniens, bercé dans leur murmure,
J'ai ravi tous mes sons, dont l'harmonie est pure.
Aux regards étonnés dérobant mes efforts,
De la Muse exilée unissant les accords
A des accords nouveaux, j'y mêle du Génie
Des révolutions la lugubre harmonie.
Le commerce pieux de la tradition
Me fait donner à l'Art, dans l'évolution
Qu'il opère aujourd'hui, cette énergie interne
Des chefs-d'œuvre alliée à la vigueur moderne,
Résumée en moi comme en un type complet.
Dans mes créations, je brille du reflet
Que jettent, fauve éclat, en se choquant entre elles,
Les générations dans leurs sombres querelles.
Délicate et timide, elle est enfuie, hélas !
La Muse ; on ne peut plus accompagner ses pas.
Pleurez ! elle a vécu, la Muse de Racine !
J'élève mon berceau sur sa tombe divine !

XII

A ce vent doux et frais livre souvent tes ailes.
Ruy-Blas, que ton vol d'aigle aux voûtes éternelles
A ravi, quoique faible, est le premier rayon
De ce jour qui t'ouvrit un nouvel horizon.

XIII

Georges de Germany — Trente ans ! là, tu déploies
Un ensemble inouï de douleurs et de joies ;
Malheureux qui toujours opiniâtre, ardent,
Malgré sa défaillance, aspire au mal, — souffrant !
Néanmoins, dans cet homme aux formes si diverses,
Dans les sombres éclats de ses grandeurs perverses,
Quelques pleurs, quelques mots plaintifs font pressentir
Quelque chose de bien comme le repentir,
Ou comme une vengeance inspirée et céleste.
Mais non. Il serre l'âme, et son éclat ne reste
Que comme un vain rayon de la foudre qui luit
En nous enveloppant d'une plus sombre nuit.
Son regard s'assombrit, sa chute n'est plus belle ;
Le mal semble l'étreindre au gosier, le rebelle ;
La scène reste vide, et, dans ce dénoûment,
Rien n'est plus solennel que ton ricanement.

XIV

Ainsi descends en toi ; sonde dans son abîme
Ton âme, que l'on dit infernale et sublime ;

Trouve en tes passions, comme un grand réprouvé,
L'effet que pour ses vers tout poëte a rêvé.
L'impitoyable orgueil, l'ardente jalousie,
Mouvements convulsifs de toute frénésie,
De la misère humaine effroyable tableau,
Qui, dans l'Art, est encore une face du beau.
Et si le siècle meurt sans avoir son poëte,
Toi seul auras été son plus grand interprète.

XV

Reste, reste le type où le siècle se peint;
Dans tes proportions monstrueux et hautain,
Comme lui formidable, effréné, plein de charmes,
Tu séduis. — J'ai pleuré quand tu souffres sans larmes.
On sent le mal couler de tes lèvres, on sent
Le mal nous fasciner, persuasif et lent.
Va! reste l'idéal d'une race maudite,
Race qui sent qu'en toi sa vie encor palpite,
Et voit, vers l'avenir hâtant en vain ses pas,
A l'horizon le Beau qu'elle n'atteindra pas.
Tes paupières en feu de ténèbres voilées,
Tes aspirations invisibles, ailées;
Tes désirs infinis, ton oblique regard
Dont l'éclair cherche l'ombre et s'éteint au hasard;
Ta voix qui, dans nous, comme un glas se répercute :
Damné qui cherche encor à lutter dans sa chute,
Tu parais contracté, pleurant, désespéré,
La vision du Mal, Satan transfiguré.

25 janvier 1844.

Mais la foule aujourd'hui ne les regarde plus ;
Et, comme des muets, gardiens de solitudes,
Pour immobiliser leurs mornes attitudes,
Ces prêtres du néant, que l'Art a réprouvés,
Semblent s'être de siècle en siècle relevés,
Sentinelles auprès de leur sépulcre vide !
Qui donc, glaçant en eux la vie, orgueil stupide,
Les a cloués ainsi dans leur stérile effort ?
— Dans leurs embrassements la Matière et la Mort !

X

Replié dans ta force et ta beauté première,
Artiste, du passé secouant la poussière,
Laisse, t'environnant de toutes nos grandeurs,
S'éteindre autour de toi de stériles lueurs.
Notre siècle est puissant, qu'il enfante un poëte !
Et toi seul tu pourras en être l'interprète.
Toi, le combat vivant du mal contre le bien,
Quand l'orage s'élève et gronde dans ton sein ;
Quand ta voix saccadée, inflexible et nerveuse,
Saisit la foule, évoque une ardeur ténébreuse,
Dans ces âmes que pousse au mal, les orgueilleux,
Un rien, un geste, un mot... quelque silence affreux...

Il est des heures où ce geste
Qui fait frémir n'a rien d'humain ;
Où, perdant son accent céleste,
Ton verbe a le froid de l'airain ;
Où, d'une lugubre harmonie,
Le parfum monte ; où ton génie,

Se redressant, serpent broyé,
Ressemble, parmi les ténèbres,
En ses élancements funèbres,
Au cri de Satan foudroyé.

XI.

Mais il est des âmes moins sombres
Aimant à voir, sous un jour pur,
Leurs tristesses fuir dans l'azur,
Rêves flottants comme des ombres.
Leur douloureuse anxiété
Souffre, gémit et cherche encore,
Dans l'onde de ta voix sonore,
Un murmure moins contristé,
Une plainte d'amour suprême
Qu'en nos cœurs a versé Dieu même,
Afin d'être, comme toi-même,
Les premiers dans l'humanité.

Non, tu n'as pas toujours, Lemaître,
Animé tes créations
Des douces aspirations
De l'amour intime de l'être.
Au sein des maux c'est le désir,
C'est l'immense mélancolie,
La vague tristesse remplie
D'espérance et de repentir ;
Gémissements de ta grande âme
Mêlés à des larmes de femme,
Dont la foule aime à retentir.